Un giorno di sole all'inferno

Guglielmo Sogol

a Zebra e a tutto il Cosmo

Indice

Introduzione

Questa breve raccolta unisce due racconti molto diversi tra loro. A una prima rapida lettura appariranno totalmente indipendenti e il lettore si chiederà che senso potrebbe avere pubblicare due storie del genere nello stesso volume. Si tratta, grosso modo, di un esperimento. Protagonista delle pagine seguenti è sempre la stessa storia raccontata però attraverso la voce di personaggi differenti e con stili nettamente differenti. Sta al lettore trovare il nesso che le accomuna. Permettetemi di lanciarvi questa piccola sfida, uno sfizio che voglio togliermi a più di un anno dalla redazione di questi brevi racconti.

Saronno, 15 Novembre 2018

Vecchia veloce vita

Ventiquattro anni sono un sacco di tempo. Ma sono anche un tempo maledettamente breve. Insomma, sono un tempo normale. Ventiquattro anni sono ventiquattro anni. Belli o brutti, sono fatti comunque da trecentosessantacinque giorni per ventiquattro. Ma il tempo non è mai uguale. Un giorno può valerne cento come può valerne un decimo soltanto. O come può non valerne affatto. Non so se vorrete sapere qualcosa sulla mia vita, e non so nemmeno se valga la pena scriverne. Ma la vita è così: è vera, fatta di carne e sangue, fatta di sofferenze, di gioie, di lattine di birra, di filosofia, di fiori e di cemento. E di persone. Persone come sassolini. Non sono stato un nuovo giovane Holden, nemmeno un David Copperfield moderno. Spero anche di non dover essere come il giovane Werther. Si che sono giovane, ma non mi chiamo Werther. Voi chiamatemi Hank. E questa è la mia più che mai ordinaria storia.

Sono nato in una cittadina contornata da grandi città, il che è una grande fortuna, secondo me. Non sono fatto per vivere in una metropoli: troppa gente, troppe auto, troppe anime. Troppo smog, troppo caos. Anche se, lo ammetto, avrebbe dei vantaggi.

Ma i vantaggi non mi interessano, non voglio vivere in una grande città. Mi piace salutare le persone quando esco e cammino, mi piace conoscerle, queste persone. Anche se le persone ultimamente non mi piacciono molto. Ciò non toglie che mi piaccia salutarle. Nel tragitto che andava da casa mia alla stazione c'era un fruttivendolo -c'erano molte altre cose in effetti, tra cui quattro o cinque agenzie del lavoro: quei posti che teoricamente trovano lavoro alla gente-. Ogni mattina, quando passavo mi salutava. È una cosa bella, secondo me. Ti fa sentire a casa, nella tua città. Dove sono nato c'è di tutto, tutto ciò di cui una persona normale possa avere bisogno. Non ho voglia ora di parlare di normalità, di cosa sia questa tanto decantata "normalità". Ma dovrò farlo. Mi capiterà di farlo, credo. Lo sapevate che nell'antica Roma la vita media degli uomini era di quarantun anni? Significherebbe che io avrei già superato da quattro anni la boa della mia vita. Che pensiero strano. Comunque, sono cresciuto andando a scuola dalle Suore, uno studente quasi modello. Non mi dispiaceva poi tanto studiare, ma certamente non lo facevo volentieri. Nonostante la preside della mia scuola quando avevo tredici anni pensasse che io fossi un po' un asino, mi sono diplomato con un ottimo voto. Alla faccia sua. Dimenticavo, sono dislessico. Del tipo B. Non è vero, non sono dislessico del tipo B. Non so nemmeno se esista una dislessia di tipo B. Sta di fatto che una volta ho usato questa scusa per conquistare una ragazza. Un giorno stavamo lavorando insieme ad un progetto -io studio architettura, non ve l'ho ancora detto- e nel frattempo parlavamo. Io le ho raccontato della mia passione per la letteratura e lei mi ha detto – forse non proprio con queste parole, ma è passato del tempo: << Io sono dislessica, faccio fatica a leggere perché sbaglio l'ordine delle lettere.>> Mi sono sentito dannatamente idiota e in colpa. Maledizione, ho pensato, sono fortunato a non esserlo, e lei è così sfortunata. <<Ah ma anch'io sono dislessico. Del tipo B. Non ho la certificazione perché non ho mai voluto farla, però anche a me si intrecciano le lettere quando scrivo e quando leggo.>> Poi ho cambiato rapidamente discorso fingendo di aver avuto un'idea brillante riguardante il progetto. Non ho finto di avere un'idea, cioè quella l'ho avuta davvero. Però non mi è venuta in maniera così esplosiva, e soprattutto non così, su due piedi e in quel preciso istante. Comunque mi è sembrato di averla convinta. Tant'è che un giorno, dopo che mi aveva regalato un libro, mi ha chiesto se riuscivo a leggerlo con facilità, perché lei invece ci stava impiegando molto tempo. Non ricordo cosa le ho risposto, ma sarà stata sicuramente una risposta geniale

Un'altra mistica trovata che ho usato per uscire con una ragazza è stata di fingermi vegetariano. Lo so, non sono vere e proprie scuse per uscire con una persona, ma fingersi più simili aiuta. Può aiutare.

Insomma non so quanto sia utile. Comunque alla fine io e questa ragazza vegetariana -che mesi dopo ho scoperto avere tendenze semi naziste, pensate che combo: una vegetariana nazista- siamo usciti. Sapete cosa ho ordinato da mangiare quella sera? Doppio hamburger con bacon e uovo fritto. Sono il re dei vegetariani. Quando dicono che le bugie hanno le gambe corte hanno ragione. E le gambe delle bugie sono direttamente proporzionali alla memoria del bugiardo.

Ho accennato ai miei studi accademici. Ebbene, dopo aver conseguito il diploma mi sono immatricolato alla Scuola di Architettura. L'università migliore che potessi scegliere. Per molto tempo sono stato convinto che architettura fosse l'unica carriera universitaria che potessi percorrere. Mi sbagliavo, probabilmente. Ma non è importante, sono già a buon punto dei miei studi, mi piacciono e li porterò fino in fondo. Probabilmente. Da piccolo passavo il mio tempo a fare costruzioni mastodontiche -erano mastodontiche per la mia dimensione di allora- con qualsiasi tipo di scatola di cartone. Quando i miei mi compravano un paio di scarpe, la gioia più grande veniva dal fatto che in quel modo ottenevo una nuova scatola da usare in mille modi diversi. Com'era bello avere la fantasia. E il cartone. E anche la colla liquida; c'era sempre bisogno di colla liquida. Altrimenti non eri nessuno. Quando riuscivo ad avere tutte queste cose insieme ero proprio invincibile. O almeno così mi sentivo. I miei l'avevano capito subito che sarei stato portato per fare l'architetto, l'avevano capito quando avevo costruito una casa gigante di tre piani tutta di cartone, con tanto di letti, divani, quadri e tutto quanto. A proposito, potrei andare nel mio garage e guardare com'è fatta -vi chiederete come possa essere ancora intatta in un garage, con la minaccia della muffa eccetera: beh, non lo conoscete, il mio garage. Potrebbe rivelarsi utile per qualche mio nuovo progetto. In ogni caso, non so se realmente sono portato per fare l'architetto, forse sì, forse no. Mi piace pensarlo a volte, ma più spesso mi sento più vicino ai professori. Di quelli che parlano sempre, spiegano sempre, sanno tutto di tutti e soprattutto riescono sempre -e comunque- a trovare dei difetti nel tuo lavoro. E poi se scavi un po' scopri che loro non hanno realizzato nulla. Curiose coincidenze. Ma così va il mondo. Sarebbe bello se ogni giovane seriamente interessato all'istruzione fosse affiancato da un colto mentore, come in passato. Mi piacerebbe proprio tanto avere come insegnante Goethe. Viaggiare con lui in Italia, studiare insieme i colori e la luce e scambiare lettere amichevoli con il buon vecchio Arthur. Schopenhauer, ovviamente. Potreste pensare che sarebbe noioso, ma non lo sarebbe affatto. Forse non sapete che Goethe quando aveva settant'anni se la passava piuttosto bene con una sedicenne. Voleva perfino sposarla. Goethe era un genio. La sapeva lunga, molto lunga.

Comunque va bene anche così, andare all'università. È più facile conoscere ragazze quanto meno. Ma anche questo non è del tutto vero. Recentemente -parlo di due anni fa, almeno- sono arrivato a lezione che l'aula era già quasi piena, e l'unico posto libero era di fianco a una ragazza. Da un lato la cosa è abbastanza eccitante, dall'altro mi incute una buona dose di timore. Nonostante non voglia farlo credere, io sono maledettamente timido. Comunque, mi avvicino furtivamente al posto libero, mi siedo goffamente -cercando nonostante tutto di fare bella figura- e mi preparo per la lezione. La ragazza di fianco non ha fatto altro che starsene seduta tutta impettita per quattro ore, come se fosse schifata dalla mia presenza. Non volevo mica portarmela a letto, maledizione. Non potete reagire così male, non siete mica il chiodo fisso degli uomini. In realtà si, forse lo siete. A volte. Non sempre.

Mi è venuto in mente un episodio che invece è andato esattamente al contrario. Dovevo andare in non ricordo quale ufficio della segreteria dell'università, ma non sapevo con chiarezza dove fosse. O meglio, sapevo dov'era l'edificio, ma non avevo la più pallida idea di dove fosse l'ufficio che cercavo. Ve l'ho detto, sono timido, mi vergogno a chiedere informazioni alla gente. Peggio ancora se sono ragazze, che poi pensano che te le voglia portare a letto e allora diventano ancora più antipatiche. Ero in ansia. Dovevo per forza chiedere a qualcuno. Arrivato davanti alla porta vedo che c'è una ragazza -anche piuttosto carina devo dire- appoggiata al muro. Raccolto tutto il mio coraggio mi avvicino. Quando sono a circa un metro e mezzo da lei, come per magia, alza lo sguardo e mi sorride. Al che ho potuto chiederle l'informazione di cui avevo bisogno senza doverla chiamare o farmi notare, che secondo me è la cosa più imbarazzante. Invidio molto i ragazzi che riescono a conquistare l'attenzione di tutti senza fatica. Quelli che riescono, come si suole dire, ad attaccare bottone con ogni ragazza, uscendone praticamente sempre vincitori. Comunque, tornando al nostro episodio. Dopo aver preso il numerino per fare la coda per entrare nell'ufficio – come sono organizzati alla perfezione questi sportelli delle segreterie universitarie! – sono andato ad appoggiarmi al muro accanto a lei. In questo modo abbiamo iniziato a parlare del più e del meno. Solo dopo una mezz'ora buona ci siamo presentati. Si chiamava Micol. La coda è durata circa un'eternità e mezza, ma devo ammettere che mi è sembrato fosse passata in dieci minuti, non di più. Una volta finito di arrangiare tutte le incombenze burocratiche che vessano la vita di noi studenti, avevo voglia di bere qualcosa. << Ma se uno volesse bere un caffè in questo posto, dove può andare? >> Dimenticavo, non era la mia università, quella dove andavo a lezione. Per questo non sapevo dove fossero i posti. Detto questo, lei, coi suoi occhi enormi mi dice << Ti va di andare insieme? Ti porto io un posto che ha delle buone birre. >> Ovviamente si, che mi andava. Mi andava eccome. Arrivati al bar abbiamo continuato a parlare, e parlare, e parlare. Dopo le prime due birre eravamo abbastanza sciolti da considerarci amici. Lei era da poco tornata da San Francisco dove aveva vissuto qualche mese. Mi ha raccontato dei suoi viaggi in pullman verso San Diego, la California, L.A.. La vecchia Frisco, come la chiamavano in Sulla Strada. Ecco, in quel momento mi sentivo proprio come Sal. Che poi sarebbe l'alter ego di Jack Kerouac. Grandissimo scrittore. Comunque, mi sentivo giovane, libero, pieno di vita. Sentivo che una parte del mio destino avrei potuto anche determinarla io stesso. Mentre parlavamo la guardavo, guardavo i suoi occhi verdi, grandissimi. Studiavo il movimento del piercing che aveva sulle labbra, provando a immaginare che sapore avessero, quelle labbra. Ero attratto da lei. Siamo stati così per almeno due o tre ore, non ricordo con precisione, ma è stato davvero bello. A una certa ora però dovevo andarmene. Dovevo proprio farlo. Così ci siamo alzati, siamo usciti e ci siamo salutati. Lei mi ha abbracciato molto forte. Si è allungata per stringersi attorno al mio collo – sono piuttosto alto – e mi ha accarezzato la schiena. Al che, anch'io ho inizio ad accarezzarla. Ricordo con precisione la sensazione che il suo maglione a maglia larga lasciava alle mie mani. Sono impazzito per quella schiena. Mentre lei mi stringeva e io la accarezzavo, sognavo di baciarla.

Ci siamo augurati buona fortuna per il futuro, e ci siamo lasciati. Senza scambiarci il numero di telefono né niente. Nonostante sapessi che non l'avrei mai più rivista me ne sono andato sorridendo. Mi sarebbe davvero piaciuto rivederla, ma sapevo che sarebbe stato impossibile. Eppure ero felice. Ero vivo. Ero giovane.

L'università, comunque, ha il suo grande fascino. È un buon ritratto della società dei "grandi". È una fedele rappresentazione del mondo. Una sorta di "MiniMondo" a pagamento. Ci sono quelli che lavorano, si impegnano, si fanno venire i brufoli e l'orticaria pur di presentare un lavoro preciso e vero -vero vuol dire bello: la bellezza è verità-. Poi ci sono quelli che invece non fanno nulla ma si scelgono dei buoni compagni. Questi solitamente hanno carriere accademiche eccellenti. Poi però non sanno fare un cazzo. E infine, in questo brevissimo riassunto della società, ci sono quelli che leccano il culo. Loro vanno sempre bene praticamente. Non so come sia possibile, i professori dovrebbero accorgersene, che gli stanno leccando il culo. Invece non lo fanno. Anzi, li lodano a loro volta con voti alti e del tutto immeritati. E i suddetti studenti-lecca-culo, successivamente, riversano il proprio ego sugli altri studenti, quelli che studiano davvero, che faticano e che si fanno il culo per portare a casa un voto decente, che - quando arriva - risulta essere stato più faticoso delle dodici fatiche di Ercole messe tutte insieme. Dimenticavo una categoria importante. Anzi, una sovra-categoria, che racchiude elementi appartenenti già a una delle categorie poc'anzi descritte: quelli che si credono unici e perfetti e migliori di tutti. Che lavorino tanto o no non ha importanza. Loro non li sopporto. Forse sbaglio a essere così categorico nei giudizi. Ma non mi importa: i giudizi sono miei, posso sceglierli io. Tanto mica influiscono sulle vite degli altri, i miei giudizi. Caso mai influenzano la mia, di vita. E il mio fegato. E anche il mio portafoglio effettivamente, dato che quando sono stressato ho l'abitudine di bere birra consolatrice. Questo, a sua volta, non dovrebbe avere un effetto molto positivo sul mio fegato, dicono. Insomma, questi giudizi finiranno per rovinarmela, la vita!

Al primo anno di architettura avevo due professori -in realtà ne avevo di più, ma ai fini della narrazione me ne servono soltanto due-. Il professor B insegnava composizione architettonica e il professor C progettazione di interni. B si era presentato come il classico pseudo-filosofo pseudo-comunista amico di tutti. In realtà era una nobilissima testa di cazzo. Non faceva altro che mortificare gli studenti. Un mio amico, proprio un bravo ragazzo, ha lasciato gli studi per colpa sua. Invece un altro mio compagno, il suo lecca-culo preferito, ha prosperato in una brillante carriera universitaria. Ma così va il mondo. A volte basta miagolare commenti fintamente intellettuali alle parole dei professori facendoli sentire importanti come una divinità indù per avere vita facile.

A proposito di miagolare. Avete presente quanto può essere carino un gattino appena nato che miagola? Ho appena visto un video sul tema, pareva un bimbo. Quasi mi commuovo. Avevo un'amica che aveva un bellissimo gatto di razza. Non ricordo quanto l'avesse pagato, ma comunque un sacco di soldi. Non ricordo nemmeno quanto fosse bello. Anzi non ricordo proprio se l'ho mai visto oppure no. Sta di fatto che lei era tutta contenta di avere questo -ipoteticamente- bellissimo gatto di razza. Non ho avuto il fegato di dirle che i gatti di razza di solito si ammalano e crepano più in fretta dei gatti accademicamente detti "bastardi". Io li amo, i gatti. Mi viene in mente di una volta in cui il mio gatto ha vomitato su alcuni documenti di mio padre. Dopo aver raccolto il vomito ovviamente i documenti erano tutti macchiati. Non sapevo se nasconderli tra altri documenti, eliminarli o lasciarli lì facendo finta di nulla. Ho optato per la seconda, li ho bruciati nel camino. Che situazione bizzarra.

Vi dicevo dei miei due professori -che in realtà, come vi dicevo, erano più di due-. B inizialmente era sembrato simpatico e amichevole come un gattino, uno che si schiera dalla parte degli studenti, che li difende dagli altri professori brutti e cattivi. C, invece, -quello di progettazione d'interni- sembrava l'orco cattivo. Gridava sempre e non era mai soddisfatto del nostro lavoro. Dopo tre mesi di corso la situazione si è ribaltata, e il giudizio si è totalmente invertito. Questo per dirvi che i miei giudizi sulle persone sono sbagliati, a volte. Non troppo spesso. Ma a volte si. Devo riconoscerlo, e lo faccio. Ma se giudico male le persone è solo perché sotto sotto sono un inguaribile ottimista. Sotto sotto, però. Proprio tanto sotto, sotto svariati strati di cinismo, antipatia, sociopatia e altri sinonimi. Mi aspetto sempre tanto dalle persone, forse troppo. Credo che questo dipenda dalla mia sensibilità nei confronti della gente. Il mio amico mi diceva sempre che io avevo la tendenza ad innamorarmi della prima ragazza con cui riuscivo ad andare a letto. Vi racconto un episodio. La ragazza dislessica di cui vi dicevo prima, lei è tra le protagoniste di questa allegra storiella. Come vi dicevo, avevo una grande considerazione di lei, tanto da arrivare a fingermi dislessico e iniziare a far leva sul mio grande fascino per conquistarla. Andavamo parecchio d'accordo: i miei squilibri psichici -nulla di serio, io li chiamo così ma non sono altro che parte del mio carattere- sembravano attutiti dalla sua presenza e andavamo anche d'accordo in fatto di musica. Cioè, quasi d'accordo. Un giorno abbiamo organizzato un pranzo a casa sua. Tutto bello, tutto buono, mi sentivo quasi giovane. A un certo punto è suonato il campanello ed ha fatto la sua apparizione un'altra ragazza. Capelli rossi, fisico slanciato, occhiali da intellettuale vecchio stampo. No, ho sbagliato. Occhiali da professoressa di storia dell'arte che da giovane ne ha viste tante. Linda, così si chiama la ragazza dislessica, mi ha presentato la sua coinquilina. Ragazza simpatica, molto estroversa. Insomma, completamente fuori di testa. Maia, si chiamava. Cioè, si chiama ancora, suppongo. Non appena Maia se ne è andata, Linda, sottovoce, mi ha descritto brevemente la personalità della sua coinquilina: una persona simpatica, ma completamente inaffidabile. Una donna che ha un debole per gli uomini e alla quale nessuno riesce a resistere. Lì per lì non ho dato ascolto a quelle parole, non mi importava più di tanto. Anche se nascosta in me c'era la grande curiosità di sapere fin dove fosse in grado di spingersi, quella Maia. Il caso vuole però che in quel periodo io avrei dovuto partecipare a un concorso musicale per il quale avrei dovuto scrivere una canzone -ho fatto il musicista, si, ma ne parleremo in un altro capitolo- e guarda caso, quella Maia era una grande poetessa. Linda combina l'appuntamento tra me e lei per lavorare alla canzone e ci lascia soli a casa. Penso di non aver nemmeno preso in mano la chitarra che Maia mi ha fatto capire di non avere nessuna intenzione di scrivere la canzone. Non in quel momento, almeno. Era rimasta completamente nuda sul divano, davanti a me. Quello che è successo dopo è ovvio; la musica è passata rapidamente in secondo piano. Dopo aver passato qualche ora a letto ci siamo rivestiti e siamo andati a mangiare qualcosa. Al ritorno di Linda le abbiamo detto di aver già scritto metà canzone. Ovviamente non era vero. Questa relazione è andata avanti per qualche settimana. Linda, ovviamente, lo è venuta a sapere ben presto. Non ricordo con precisione se gliel'ho detto io chiaramente oppure se mi ha trovato nudo in bagno. Non mi ricordo. Sta di fatto che le settimane con Maia sono state fin troppo sature di eccessi. Interi giorni passati a bere e fumare e fare sesso. Una sera siamo usciti a bere qualcosa, poi abbiamo incontrato altre ragazze che lei aveva conosciuto in qualche modo. Ci siamo uniti a loro e abbiamo sniffato un po'. Erano proprio ragazze intraprendenti. Non pensavo ne esistessero ancora. Non sapevo nemmeno se ne fossero mai esistite, a dire il vero. Non ho ben chiaro come la serata è andata avanti, probabilmente siamo finiti a giocare a Risiko o a Cluedo a casa di Maia o di una delle sue amiche. È stato il colonnello Mustard con il manubrio nella veranda! Non mi è mai piaciuto quel tipo, il colonnello Mustard. Troppo britannico, troppo snob e troppo ufficiale. Gente ricca e influente, gli ufficiali. Raramente sono brave persone. O almeno così è nel mio immaginario. A dire il vero non ho mai conosciuto un ufficiale. Sta di fatto che anche il suo nome mi infastidisce. Odio la mostarda. Comunque, passate alcune settimane di intense attività sociali, Linda ha confessato a Maia di essere innamorata di me. Tempismo perfetto, oserei dire, dal momento che proprio in quei giorni

stavo cominciando a credere di essermi innamorato di quella Maia. Ovviamente lei ha preferito non vedermi più. Linda ha provato a consolarmi. Le ho detto che forse aveva ragione lei, Maia non faceva per me, invece lei, Linda, era perfetta. Brava a scuola, brava ragazza, responsabile, seria. A quelle parole lei cosa mi dice? <<Anche tu mi fa un certo effetto, Hank, ma io sono fidanzata.>> Maledizione. Non le ho mai capite le donne. Effettivamente forse non ho mai capito nulla della vita in generale. Ma la colpa non è completamente mia, in fondo; o meglio, non è solamente mia. La vita è proprio strana, un giorno ti dà qualcosa che ti fa sentire sicuro, protetto, amato, apprezzato e benedetto; il giorno dopo ti accorgi che in realtà la protezione, l'amore, l'apprezzamento e la benedizione derivanti dalla suddetta cosa sono spariti. A questo punto potrei parlarvi della musica, cioè della carriera da musicista.
Ho iniziato a suonare quando ero abbastanza piccolo, grazie a un professore veramente eccezionale a cui devo molte cose. Lui è stato il primo a mettermi in mano una chitarra. Era una "vecchia" chitarra classica che era stata di mia sorella e che le era stata regalata da non ricordo quale lontano parente acquisito. O forse era stato un regalo dei miei genitori. Forse sì, è probabile che sia così. Comunque, ho preso in mano questa chitarra e tutti gli anni a venire sono cambiati. Suonavo bene, devo dire. Ero tra i più bravi che c'erano in circolazione, e lo dico senza vantarmi.

Con "circolazione" intendo nei paesi vicini, non fatevi strane idee. Inoltre posso permettermi di dirlo perché ormai non prendo in mano una chitarra da tempo, e probabilmente non sono più in grado neanche di suonare un giro di do. Mi stava proprio bene, la chitarra in mano, nel senso che quando suonavo mi sentivo invincibile, totalmente padrone di me stesso. Un po' come quando, anni prima, riuscivo ad ottenere tante scatole di cartone e la colla liquida. Mi sentivo tanto a mio agio che alcuni ragazzi che conoscevo dicevano sempre che in realtà avevo iniziato a suonare la chitarra solamente perché riuscivo a rimorchiarci un sacco di ragazze. In realtà non era proprio così, anche se mi sarebbe piaciuto. Cioè, le ragazze le rimorchiavo davvero, ma alla fine non ci combinavo nulla perché ero sempre impegnato in qualche relazione. Ho sempre avuto paura di rimanere solo, inconsciamente. E quindi, una volta finita la mia prima grande storia d'amore, mi sono gettato a capofitto in un'altra storia con una sassofonista spagnola conosciuta a un concerto che abbiamo fatto insieme in Germania. Insomma, gli anni della mia gioventù li ho praticamente passati alla ricerca di un grande amore platonico. Ovviamente mi è andata male, entrambe le volte. La prima volta lei mi ha tradito con il bassista del mio gruppo, nonché mio migliore amico; la seconda volta lei -l'altra, la spagnola- mi ha tradito col suo, di migliore amico. Quindi non rompetemi i coglioni con bassisti e migliori amici. Non credo a nessuna di queste categorie. Ma se proprio devo scegliere quale odio di meno, scelgo i bassisti. Loro hanno qualche utilità, almeno. Se sono in grado di tenere il tempo, ovviamente. I migliori amici delle donne invece non li capisco. Così come non capisco le migliori amiche degli uomini. È una cosa che esce completamente dalla mia comprensione. Forse perché le mie relazioni amicali sono finite tutte tragicamente, forse perché, visti i miei precedenti casi, ho iniziato a reputare l'amicizia un mero rapporto economico di do ut des. Tranne in alcuni rarissimi casi. Ma ora sto incrociando le dita perché ho paura che anche il mio attuale amico possa, un giorno o l'altro, fregarmi. La cosa in sé non mi stupirebbe poi più di tanto, in fondo me lo aspetterei anche. Tornando al discorso della musica, come vi dicevo suonavo piuttosto bene, e col mio gruppo facevamo un sacco di concerti in giro per la zona. Abbiamo vinto anche un concorso una volta, ma poi ci siamo sciolti e li premio non lo abbiamo nemmeno mai ritirato. Peccato perché mi sembra fosse un bel premio. La musica a quei tempi era tutto ciò che poteva rendermi felice seriamente. Era una sorta di terapia per me: sia che fossi triste, sia che fossi felice, prendevo in mano la chitarra e tutto spariva. Credevo di poter risolvere tutto, accarezzando quelle sei corde. Se pensavo al mio futuro mi vedevo su un palcoscenico davanti a migliaia di persone. Questo era il mio sogno. Era il mio sogno ricorrente, l'unico sogno che sapevo non sarebbe mai svanito, che qualsiasi cosa fosse successa sarebbe rimasto, mi avrebbe accompagnato nei giorni più bui aiutandomi ad andare avanti. Nella mia stanza avevo appeso un foglio con un elenco di cose che mi avrebbero portato al mio personale nirvana. Erano tutte cose estremamente semplici, pensavo. Dovevo scrivere sette canzoni, registrarle da solo con il mio computer e i miei microfoni, farle sentire a qualche musicista serio che sicuramente ne sarebbe rimasto molto colpito e avrebbe acconsentito a suonarle con me. Dopo di che avremmo organizzato un tour dove avremmo proposto le mie canzoni con un'intera band, e coi soldi ricavati dai concerti avremmo registrato un disco. E così avrei continuato a suonare, e suonare, e suonare. Ma non è andata così. Il destino, Dio, l'I Ching o Zebra, come lo chiama il vecchio Philip K. Dick -ma lo sapete che gli spagnoli hanno il vizio, come gli inglesi, di leggere anche le lettere puntate dei nomi e quindi dicono "Philip ca Dick"?- aveva in serbo qualcos'altro per me. Non so ancora bene cosa sia, cosa sia stato e cosa sarà. Non so come sia successo, ma ho smesso di suonare. Mi mancano i tempi in cui stavo sul palco a fare i miei numeri e la gente applaudiva e noi eravamo soddisfatti della nostra musica. Quando ora guardo le mie chitarre impolverate mi sento in colpa. È una sensazione strana. Vorrei suonarle, ma non lo faccio. È come se dopo aver tradito una donna ti sentissi in colpa, vorresti tornare da lei ma sai che lei non ti accetterebbe più e dovresti fare fatica per riconquistarla. Penso sia una questione di pigrizia. Pigrizia e paura suppongo. <<Tu non devi supporre, non devi pensare, non è proprio una cosa di cui sei capace!>> aveva urlato un mio professore a un mio compagno non particolarmente sveglio -intendo dire che era un completo idiota- quando lui aveva iniziato a dire una delle sue idiozie dicendo: <<Io ho supposto che...>>. La musica ora sembra essere stata sostituita dalla letteratura, dalla filosofia, dagli studi sulla natura e sul mondo e sulle persone. Anche se ripeto, un po' mi manca condurre una vita dissoluta dietro al sogno di diventare musicista. Ora invece conduco una vita dissoluta cercando di diventare un filosofo studiando architettura, mi sembra giusto. Ma in questo mondo non c'è più spazio per i filosofi. Ultimamente mi sono accorto che un sacco di gente si è messa a scrivere romanzi. Per di più cose idiote che parlano d'amore. Storie vecchie, trite e ritrite. Oppure insospettabili gialli in cui l'assassino si rivela la persona più vicina alla vittima. Roba forte, sicuramente. Ma questo non è un problema. Anzi, di per sé può essere considerata una cosa positiva, che la gente scriva. Il problema è che scrive stronzate. Ma va bene così. Conoscevo una persona che ha scritto un romanzo sui suoi ricordi scolastici. Cose da diabete proprio, ma non è questo il punto. Il libro può anche piacere, anzi sono sicuro che sia piaciuto a un sacco di persone, ma la copertina! La copertina! Non si può fare un libro con una copertina così maledettamente brutta. Se facessi fare un disegno al mio gatto immergendole le zampe nella vernice color salmone verrebbe sicuramente qualcosa di più originale. Per non parlare della quarta di copertina: una gigantesca foto dell'autrice con una libreria come sfondo. Quanta originalità. Quanta bellezza. Ma va bene. Appurato il fatto che il libro possa piacere oppure no, appurato il fatto che autrice e casa editrice abbiano pessimo gusto in fatto di grafica, la cosa peggiore è un'altra. Che la scrittrice in questione ora se ne vada passeggiando per la "cittadina contornata di grandi città" credendosi Jane Austen. Tralasciando il fatto che non credo che il libro in questione possa essere più noioso di Orgoglio e Pregiudizio, non si può essere così altezzosi. È una cosa che trovo davvero fastidiosa. Ma comunque, forse il paragone con Jane Austen non è del tutto azzeccato. E dovrei mostrarmi più rispettoso nei confronti di un colosso della narrativa mondiale di tutti i tempi. Non si scherza con certe cose. Se qualcuno dovesse insultarmi Hemingway potrei diventare violento. Oppure Goethe. O Conan Doyle. "Scherza con i fanti ma lascia stare gli scrivanti". Scusami, Jane.

La letteratura è tra le cose più belle che esistano al mondo. Senza dubbio. Che poi, non so voi, ma io ho un'idea molto confusa della bellezza. In qualche modo bello e buono sono legati tra loro. Questa relazione viene dai tempi del latino, se non sbaglio. Bellus deriva da una abbreviazione di bonus che ovviamente vuol dire buono. Non chiedetemi come sia possibile che una parola di sei lettere sia un'abbreviazione di una di cinque perché non lo so e non mi interessa al momento. La cosa che ho più chiara in mente è che la bellezza è la verità. <<L'universo non era tenuto ad essere bello, eppure lo è.>> ha detto un filosofo franco-cinese in una delle sue conferenza. Nulla di più vero. Cosa c'è di più bello dell'universo, del mondo, della natura, del creato -non voglio essere religioso, per l'amor di Dio-? E cosa c'è di più vero dell'universo, del mondo, della natura? Ma allora è ovvio, bellezza uguale verità. L'altra notte ho fatto un sogno. Anzi due. O forse un sogno solo diviso in due parti. Sta di fatto che mi svegliavo -nel sogno, ovviamente-, aprivo la finestra della stanza e vedevo una serie di vecchie case, di vicoli stretti, di tegole rotte e in parte disordinate, di imposte di legno scrostate. Ma le case, nonostante la loro vecchiaia erano in perfetta armonia tra di loro. E mi sentivo pervadere da una grande serenità. Da un grande senso di bellezza, direi. Poi non so come -ma d'altronde era un sogno, è questo il bello dei sogni- mi sono risvegliato -sempre nel sogno, ovviamente-. Ho aperto di nuovo la finestra della stanza e cosa vedo? Delle splendide montagne ricoperte di vegetazione verde smeraldo che brillano sotto i raggi del sole. E indovinate come mi sono sentito? Mi sentivo pervadere da una grande serenità.

Da un grande senso di bellezza, direi -di nuovo. Allora la bellezza non è solo nelle cose della natura. Bellezza può essere ovunque. A patto che sotto ci sia la verità. La spontaneità. Ammettetelo, a volte anche a voi capita di trovare molto più bella una donna -o un uomo- che sembra sbadata, fuori dal mondo ma originale piuttosto che una di quelle donne -o uomini- totalmente uguali alle altre, false, truccate e montate seguendo alla lettera un preciso libretto di istruzioni scaricabile attraverso un'app sul proprio smartphone. Ma alla fine, la bellezza è molte volte soggettiva. E secondo me c'è qualcosa di sbagliato in questo. La bellezza forse dovrebbe avere qualcosa di universale. Non parlo solo del nautilus, della proporzione aurea e di queste cose: parlo degli effetti che la bellezza ha nelle persone. Ma effettivamente gli effetti che la bellezza ha sugli individui dipende dalla loro sensibilità. E secondo me anche dalla loro intelligenza.

C'è stato un periodo della mia vita nel quale, quando passavo le notti a studiare e fare progetti -le notti a volte le passo ancora così, effettivamente-, ascoltavo a ripetizione quel dannato genio di Warren Zevon. Penso sia uno dei più grandi, anche se non se lo caga quasi nessuno. Una canzone mi ha colpito più di tutte, la prima volta che l'ho ascoltata. Keep me in your heart. Se non la conoscete andate immediatamente ad ascoltarla. O forse no, lasciatela a me. Datemi l'illusione di essere l'unico a godere di una simile meraviglia. Non so perché, ma sento come se l'avessi scritta io. È mia. E di Warren. L'ha scritta poco prima di morire, dopo aver scoperto che il destino gli stava -o gli aveva già- voltato le spalle. Oggi l'ho sentita dopo un sacco di tempo, in un film. Vi ho detto che ultimamente il mio rapporto con la musica è un po' delicato. Sta di fatto che dopo averla ascoltata non mi è più uscita dalla testa e mi ha cambiato l'intera giornata. Maledetta musica, è questo il suo potere. Durante uno dei miei periodi bui -ne ho avuti parecchi, più o meno bui. Quello in questione risale circa a due anni fa, al terzo anno di architettura- pensavo spesso alla mia morte. Non mi ha mai fatto paura, anzi devo dire che mi lasciava in qualche modo incuriosito. Mi chiedevo chi ci sarebbe stato al mio fianco, allora. Chi sarebbe rimasto. Chi se ne sarebbe andato. Chi si sarebbe ricordato di me, e chi invece se ne sarebbe strasbattuto le palle. Mi chiedevo chi mi avrebbe "portato nel cuore per un po' di tempo". E la cosa mi faceva piangere. Non so perché. Non la capisco la vita. E cazzo ora mi viene da piangere. Pensando a Warren Zevon che canta questa canzone fantastica negli studi di registrazione con tutti i musicisti e i fonici e i tecnici imbarazzati e tristi allo stesso momento. Cosa puoi dire a un uomo che sa di essere in fondo alla sua vita? Cosa puoi fare per un uomo che sta cantando davanti a te il suo testamento? Me lo immagino il grande Warren che se ne strafrega di quello che pensano gli altri. Gli sorride, agli altri, è sereno. Lui è grande. Rimarrà sempre nel mondo, grazie alla sua voce, le sue canzoni, i suoi capolavori. Anche cento anni dopo la sua morte noi -io suppongo di no, credo sarò già morto allora- continueremo ad ascoltarla, la sua voce. E sembrerà di averlo proprio accanto. Maledetta musica, questo è il tuo fottuto potere. Forse la vita è troppo grande per gli uomini. Alcuni non possono resisterle, ne vengono soffocati. È la selezione naturale, in fondo. Resistono solo i migliori. Cazzata. A quanto pare a resistere sono quasi sempre i peggiori. Maledizione, quanto era grande Warren Zevon. Oggi mi ha fatto riavvicinare alla musica. Ma ho ancora troppa paura per farlo, per tornare da lei. Non so se ne avrò mai il coraggio. Lo spero, in fondo.

Ora adoro fare un'altra cosa, e cioè scrivere: mi fa sentire importante. Ma non riesco a fare nemmeno quello. Ho scritto un libro. Lo consideravo geniale. Ma era troppo "bello e difficile" per la gente comune. O forse troppo cervellotico. Sta di fatto che gli editori a cui l'ho mostrato mi hanno tutti detto più o meno le stesse parole: "è un gran bel lavoro, ma la gente ora non vuole leggere cose troppo difficili. La gente vuole rilassarsi. Hai talento, ragazzo. Scrivi qualcosa di divertente per la gente." Ma perché la gente non si fa una scopata e basta per rilassarsi? Sta di fatto che ho passato mesi a cercare di scrivere qualcosa, e non ci sono riuscito. Mi sedevo davanti alla macchina da scrivere -era un computer, ma dire macchina da

scrivere affascina molto di più, perdonate il mio animo profondamente romantico- e non ne cavano nulla. Non mi uscivano parole. Sapevo di dover scrivere qualcosa, sapevo di poterlo fare -no, in realtà non l'ho mai saputo e non lo so tuttora- ma non sapevo come. Mi capitava spesso, camminavo per strada, mi guardavo attorno, vedevo una scena qualsiasi e mi veniva voglia di scrivere. Gli eventi, la vita, il tempo. Volevo scrivere di queste cose. Tutto prendeva nella mia testa la forma di una pagina scritta. Ma quando si trattava di metterli su carta, sparivano, si volatilizzavamo. Come il fumo di una sigaretta. Anzi no, di una pipa. È molto più buono. Ma anche lui se ne va in fretta. Non fai in tempo a sentirne il profumo che lui è già dissolto nell'aria. E ti rimane il ricordo. Un ricordo così vivo e reale che ti sembra di sentirlo ancora. Può durare parecchio tempo, questa cosa, questa illusione olfattiva. Ma sappiamo tutti che non vale solo per l'olfatto. A volte anche dopo anni che non vediamo una persona ci capita sotto mano una sua foto e ci sembra che non se ne sia mai andata. E dato che noi ora stiamo frequentando altre persone per un istante ci diciamo: "che cazzo sto facendo?". Poi però torna la consapevolezza che quella persona -quella della foto- non c'è più, almeno per noi. Ci sono altre persone. Migliori, peggiori, uguali. Non importa. Ci sono altre persone.
Maledizione, ci sono troppe persone al mondo. Non parlo di sovrappopolamento di determinate aree.

Intendo proprio dire che ci sono troppe persone nell'universo. In questo momento ad esempio sono in un treno. Sto andando a sentire una conferenza sulla bellezza, invece che seguire le lezioni di architettura. La tiene un tale nei confronti del quale nutro una grandissima stima. E' un professore di fotografia davvero bravo. Ma tiene questa conferenza dalla maledetta parte opposta del paese. E io devo attraversarmelo in treno. Ecco, questo professore mi piacerebbe fosse il mio mentore, vi ricordate quello che dicevo prima. Sarei indeciso tra lui e Goethe. E anche un po' Sherlock Holmes, effettivamente. Sta di fatto che Nat, così si chiama il professore, mi ha insegnato un sacco di cose. Posso dire con certezza che la maggior parte delle cose che so, che mi hanno reso quello che sono, me le ha insegnate lui. Anche se indirettamente. In pratica è lui che mi ha consigliato il novanta percento dei libri che ho nella mia biblioteca. Che bellezza i libri. Tornando al discorso delle persone. Siamo davvero una marea nell'universo. E si potrebbero raccontare storie su ciascuno, infinite storie. Davanti a me c'è un tale che non so se amare o trovare ridicolo. Sono decisamente più propenso alla prima ipotesi, comunque. Ha dei pantaloni neri piuttosto stretti, non esageratamente da sembrare un finocchio -non che i pantaloni molto aderenti siano da finocchio a priori, quelli che indosso ora in effetti sono molto aderenti-, una maglietta nera con una scritta bordeaux molto americana e una giacca bordeaux, perfettamente intonata alla scritta. La giacca in sé non sarebbe nemmeno tanto male, io ne ho di peggiori se ci penso, il problema è che è quasi totalmente ricoperta di simpatica forfora. Non c'è nulla di male nell'avere la forfora. Anzi, mi dispiace per lui. Però dannazione cerca di spolverarla via dalla giacca ogni tanto. Lo dico per lui. Chissà cosa pensa la gente di lui. A me sta simpatico nonostante la forfora. Sembra un vecchio musicista degli anni sessanta. Di quei gruppi che fanno canzoni d'amore diabetiche. Nei posti accanto ai nostri ci sono mamma e figlia che viaggiano con la sorella della mamma. La ragazza sta dormendo sui tavolini del treno. È davvero molto tenera. Ho assistito a una scena davvero bella poco fa. La ragazza dormiva sul tavolino che però non era del tutto aperto e così era piuttosto piccolo. La madre l'ha svegliata per aprirle completamente il tavolino e offrirle una superficie d'appoggio maggiore. Le madri si preoccupano sempre per le proprie creature. Però da un lato mi ha fatto anche pensare: "ma che cazzo la svegli a fare, sta dormendo, nonostante il tavolino piccolo". Forse le madri riescono a vedere più in là. Non lo so. Sta di fatto che a volte rompono i coglioni. In ogni caso, questa ragazza è piuttosto carina. Nelle file più avanti invece c'è un ragazzo con la maglia dei Red Hot Chili Peppers e la barba. Credo faccia il disegnatore di fumetti o qualcosa del genere. Ma si mette le dita nel naso. E poi continua ad arricciarsi un ciuffo di capelli proprio sulla fronte. Siamo davvero degli esseri strani. Devo dire anche ridicoli. Il treno si è fermato ed è salita gente nuova. Il posto di fianco al ragazzo con la barba è stato occupato da una ragazza -fortunatamente senza barba-, e indovinate un po', erano amici di infanzia. Quanto è piccolo questo maledetto universo. È salita anche qualcosa come una classe di bambini con la maestra. Solo che non avevano prenotato i posti e quindi hanno iniziato a far casino cercando di far liberare qualche posto. Così mi sono trovato una bambina davanti. Anzi un bambino. Almeno ha le gambe corte così io posso stendere le mie, che invece non sono propriamente corte. E al posto del musicista anni sessanta ora c'è un ragazzo con una valigia enorme -e che ha faticato non poco per trovarle un posto spostando girando e rispostando le valigie di mezzo treno. Poi ha tirato fuori una borsa termica dalla mega valigia e ha iniziato ad estrarne contenitori di cibo. E a mangiare. Ah, la fame nel mondo! Meno male che l'unica cosa che sento è Warren Zevon sparato nelle cuffie. La gente è affascinante, è vero, ma estraniarsi dal mondo con della musica aiuta ad apprezzarla di più. Si notano molte gestualità, piccoli movimenti, espressioni e un sacco di cose a cui non facciamo caso quando veniamo distratti dalle voci. E soprattutto, in questo modo, non c'è il rischio di ascoltare le stronzate che dicono. Col treno stiamo attraversando un paesaggio stupendo. Ci sono le colline, il sole filtra dalle nuvole e… basta, siamo entrati in una galleria.

Come una fumata di pipa

Il Mare

La nave salpò non appena il cielo fu abbastanza luminoso da permettere di scorgere con sufficiente chiarezza la linea dei fiordi e le secche, pericolo estremo per i marinai alle prime armi o privi del giusto timore del mare. Il capitano Kirkegaard era tutt'altro che alle prime armi, e tutti gli anni di navigazione gli avevano insegnato a non sfidare mai con eccessiva caparbietà ed arroganza la grande distesa d'acqua. I decenni trascorsi al timone avevano segnato tanto il suo carattere quanto il suo fisico. I suoi occhi, sempre semichiusi a fronteggiare la forte luce del sole che riflette sull'acqua spiccando in limpidi e decisi bagliori, erano profondi quanto l'oceano, come se ogni miglio di mare solcato avesse aggiunto una goccia di blu alle sue iridi. La sua pelle scura e lucida, bruciata dalle innumerevoli ore trascorse al sole, lo rendeva alla vista più anziano di quello che in realtà fosse, unitamente al suo modo di muoversi lento e fluido, assaporando ogni movimento di ogni singolo muscolo e tendine.

In poco tempo il Gràdh Saorsa si lasciò alle spalle un altro porto e un'altra città, con un altro carico verso un altro paese. Il capitano si voltò a salutare il villaggio dove era nato. Rimase a osservare il profilo delle case che sembravano fantasmi appena sfiorati dalla luce del sole. Molti ricordi riaffiorarono nella

sua mente, ma principalmente ricordi di luoghi e di sensazioni, non di eventi. Le cose accadono, vanno e vengono in un continuo susseguirsi di attimi che null'altro lasciano se non una polvere di ricordi alcuni dei quali destinati a scomparire per lasciare spazio a quelli più importanti; i quali altro non sono se non immagini sbiadite che riattivano in noi meccanismi celebrali in grado di farci sentire tristi o sereni. Si ricordò il profumo della casa dove crebbe, un forte odore di legno di tanto in tanto lucidato con del whisky. Gli tornò in mente il fascino che suscitavano in lui i pescherecci in partenza dal porto all'alba e ivi ritornavano la sera carichi di pesce destinato ad essere venduto al mercato e alle locande. Ripensò anche alla sua famiglia, ma rifuggì rapidamente quel pensiero troppo difficile e troppo doloroso.
Stavano navigando verso est, il sole abbagliava Kirkegaard sul cassero e tutti i marinai intenti allo svolgimento dei propri compiti sui ponti.
Il capitano sfilò dal cappotto la sua pipa, uno degli oggetti a lui più cari, la caricò del tabacco proveniente dagli Stati Uniti che aveva scambiato con una buona dose di pregiata lana scozzese, e la accese. Ogni volta che fumava ripeteva questi gesti con calma e attenzione, come un rituale sacro. Sembrava traesse più beneficio da questo rito che dal fumarla in sé, così come gustava con gran piacere l'aroma di tabacco che rimaneva impresso nella sua barba. Gli sbuffi regolari di fumo azzurro si confondevano con

l'aurora, avvolgendo la figura di Kirkegaard in quella che pareva un'aurea mistica. Nonostante il frastuono proveniente dalle sartie e dagli ordini impartiti tra i marinai, l'unico suono che giungeva al capitano era quello del mare che si apriva al passaggio della prua e si richiudeva intorno alla chiglia in uno stretto abbraccio, e quello del fumo aspirato e soffiato attraverso la pipa. Se ne stava in piedi con lo sguardo fisso sull'orizzonte, concentrato sulla navigazione e allo stesso tempo assorto nella contemplazione dell'infinito che lo circondava.

Il più giovane tra i marinai del Saorsa, Ern, stava appollaiato sulla testa d'albero, intento a verificare le condizioni del mare. Era un giovane molto apprezzato dal capitano per il suo carattere: egli vedeva nel ragazzo ciò che lui era stato anni addietro. Silenzioso, trascorreva le ore libere a leggere o a scrivere, e quando lavorava lo faceva con perizia e mai superficialmente, caratteristica che il capitano invidiava.

Kirkegaard non aveva molti rimpianti, eccetto uno in particolare: la mancanza di caparbietà. Nel suo passato aveva intrapreso diverse strade, percorso vari sentieri, ma mai nessuno interamente. Per mancanza di forza d'animo soprattutto – o per eccesso di coscienza -, quasi mai per paura o incapacità. Questo pensiero lo aveva afflitto per molti anni sinché non decise di intraprendere la carriera mercantile imbarcandosi su una nave che trasportava tabacco

dagli Stati Uniti all'Europa. Non impiegò molto tempo a salire di grado: gli ufficiali e il capitano notarono sin dall'inizio l'attenzione con cui il giovane Kirkegaard lavorava. Così in soli nove anni si trovò al comando di una nave e ivi rimase a lungo.
Ogni anno che passava però, si scopriva più chiuso in sé stesso sotto al peso della responsabilità. Sentiva sempre più il bisogno malsano di isolarsi dalla gente che aveva intorno e questo gli provocava a volte grande tristezza. Nonostante ciò non divenne mai violento o irrispettoso con i marinai. Diventò solo più silenzioso.
Quando si fece buio il cambusiere, un uomo corpulento col volto ricoperto da una folta barba ed il capo cerchiato da una corona di capelli bruni, invitò il capitano a rientrare in cabina per la cena. Questi, fatto un cenno alle stelle da lui tanto amate, si diresse verso il castello di poppa. Mentre cenava era solito redigere un accurato diario di bordo su cui annotava le rotte percorse, le condizioni climatiche ed i commenti personali sull'equipaggio. Si rese conto di quanto fossero frequenti le note positive sul giovane Ern. Era come se in lui convivessero gli aspetti che anch'egli possedeva e quelli che invece desiderava. Era assorto nelle sue meditazioni quando dei rumori provenienti dall'esterno lo riportarono alla realtà.
Precipitandosi sul ponte notò che il mare era notevolmente agitato e cominciavano a cadere grosse

gocce d'acqua che scoppiavano sul ponte e sulle teste dei marinai aumentando la concitazione di quegli attimi.
<< È in arrivò una bella tempesta >> tuonò il marinaio che era di vedetta sulla testa d'albero mentre si accingeva a scendere.
Spinto dal forte vento il veliero si trovò ben presto nel mezzo di una tormenta. Forse un po' in ritardo il capitano Kirkegaard ordinò di ammainare le vele per cercare di ridurre la velocità. Le onde si infrangevano violentemente contro il veliero, superando talvolta l'altezza del castello di prua. Il capitano tentava di mettere in salvo la nave e i suoi marinai manovrando il timone e impartendo ordini alla ciurma che rispondeva immediatamente. La burrasca era violenta tanto quanto inaspettata in quelle acque. Provarono a cambiare rotta più volte nel tentativo di raggiungere il limitare della zona di tempesta ma sempre senza successo. Dopo numerosi infausti tentativi il capitano comandò di mettersi alla cappa nella speranza che il vento e le onde non aumentassero di intensità. Con questa operazione sperava di riuscire a tenere quasi ferma la nave impedendole di danneggiare lo scafo. D'un tratto però si udì il marinaio spagnolo imprecare in maniera incomprensibile dimenandosi a prua e chiamando il capitano che, con l'agilità che lo contraddistingueva nei momenti di emergenza, si trovò sul cassero prima che l'iberico ebbe finito di pronunciare il suo nome. Nella confusione generale

che si apriva ai loro occhi, tra le violente onde e la spuma che invadeva il ponte, il forte vento che rendeva difficoltoso il tenere gli occhi aperti e il violento rollare che impediva di stare in equilibrio, notarono la presenza di un gorgo che si ingigantiva continuamente.
Bestemmiando, Kirkegaard, corse al timone nel tentativo di deviare la rotta del mercantile mentre i marinai issavano le vele di emergenza nella speranza che il vento li allontanasse dal gorgo mortale.
Il vento continuava a salire flagellando le vele che si strapparono dopo pochi istanti che furono issate provocando le imprecazioni dei marinai e del capitano. La nave era sempre più vicina al gorgo. Le onde iniziavano a ricoprirla ritmicamente in un abbraccio mortale. Il marinaio spagnolo, pur di non andare incontro al naufragio senza speranza si impiccò con una sartia, mentre gli altri tentavano in tutti i modi di scampare alla tragedia muovendosi confusamente sul ponte come formiche spaventate dai passi di un gatto sul proprio formicaio. Così è l'uomo di fronte alle catastrofi, nulla può se non scappare e correre all'impazzata sperando in un aiuto divino o provvidenziale.
Il bompresso si spezzò di netto e così fecero gli altri alberi troppo sollecitati dalle fortissime onde e raffiche di vento. La nave era nel più grande sconforto, tra i rumori del legno che si spezza, la grida concitate dei marinai, il fischiare del vento e

le onde che si infrangono sullo scafo e sul ponte. Furono attimi che sembrarono interminabili, quelli precedenti all'inevitabile. La nave si immerse nel gorgo, alcuni marinai si gettarono in mare nella folle speranza di scampare alla morte, altri rimasero attaccati ai parapetti o agli alberi; altri ancora corsero a rifugiarsi nelle viscere del mercantile, nell'ingenua fiducia che due strati di legno incatramato potessero strapparli alla furia del mare. La vita in mare, in ambito mercantile come nella pesca, richiamava molti fuggiaschi e persone che speravano di trovare la pace interiore nell'infinità dell'oceano. Sul Saorsa erano di servizio alcuni di questi individui in fuga dalla legge, tra cui lo spagnolo. Egli, tentando di scappare dalla legge non trovò libertà, ma solo morte.
Kirkegaard rimase ritto sul cassero, i denti stretti e le mani saldamente aggrappate al timone, perfetta metafora della vita: per quanto gli uomini si sforzino di issare o ammainare le vele, di guidare il timone in una o nell'altra direzione, nulla può essere da loro governato veramente. Nessun veliero, nemmeno con le vele migliori e il timone più preciso, può andare da nessuna parte se non v'è il giusto vento a spingercelo. E il capitano lo stava vivendo in quell'esatto istante, guardando la sua nave andare a pezzi sotto la furia del mare. Ern lo stava osservando dal ponte sottostante, in silenzio, in un silenzio surreale nel baccano del disastro. Fu l'ultima cosa che vide prima di inabissarsi. E il capitano fu l'ultima immagine nitida che Ern vide.

La Terraferma

Un odore a lui familiare si insinuò nella sua testa. Stava ricordando l'odore di casa sua, lo stesso che gli tornò alla mente al momento della partenza della sua nave. Un profumo intenso di legno, reso ancor più deciso da note di whiskey che nei paesi da cui proveniva veniva usato, in piccole quantità, per lucidare e proteggere il legno. A questo si aggiunse un altro profumo. Quello della carne che cuoce nel camino immersa nel vino. Un odore che il capitano non poté mai dimenticare, perché era quello che inondava la sua casa natale nei giorni di festa.
Credette di essere morto.
Aprì gli occhi molto lentamente, ogni millimetro di movimento gli costava fatica e non poco dolore. Le palpebre erano incollate, e le ciglia rafforzavano questo malsano legame. Man mano che riuscì a riacquistare la vista vide sopra di sé un tetto di legno scuro, e alla sua sinistra una parete anch'essa dello stesso legno. Era sempre più convinto di essere morto e che il suo spirito si trovasse ora nella sua vecchia casa. Fu questione di pochi secondi perché subito gli si avvicinò una donna. Sporse il suo viso roseo cinto da una corona di capelli biondi nel campo visivo del capitano che restò attonito.
<< Buongiorno, Capitano >> disse la donna in una lingua incomprensibile, con un sorriso gentile e

amorevole sulle labbra.
<< Dove mi trovo? >> rispose Kirkegaard, stupito di comprendere e saper pronunciare quell'idioma.
<< Sull'isola di Thule. Mio marito l'ha trovata aggrappato alla polena di un veliero al largo dell'isola, tre giorni fa. >>
In quel momento un'altra figura si avvicinò al letto su cui stava coricato il marinaio. Era un uomo alto, anch'egli coi capelli chiari. Una folta barba celava in parte un viso dolce e buono che mal si adattava a quell'immagina di uomo burbero.
<< Salve, Capitano. È così, si trova sull'isola di Thule, nell'estremo nord del mondo. Ha avuto fortuna l'altro giorno. Stavo uscendo per la pesca quando ho visto un tronco galleggiante. Volevo recuperarlo per poterci scolpire qualcosa, vede, io amo il legno >> disse abbracciando con un gesto l'intero ambiente circostante, gremito di oggetti di legno.
<< Avvicinandomi però ho capito che non si trattava di un tronco, ma di una polena. Ed aggrappato c'era lei. Era quasi completamente privo di sensi. >>
<< Che ne è della mia nave e del suo equipaggio? >>
<< Non ne sappiamo nulla. Non abbiamo trovato nessun relitto, nessun resto di un veliero. L'unico pezzo di legno che si è visto è la sua polena, quella su cui era aggrappato lei. Dopo che io la trovai al largo tornai immediatamente all'isola e poco dopo partii con numerosi pescatori in cerca di altri superstiti. Ma non trovammo nessuno, né vivo, né morto. Credo

che lei debba reputarsi molto fortunato, capitano...? >>

<< Kirkegaard, mi chiamo Olaus Kirkegaard. Come fate a sapere che sono capitano? >>

<< Non è stato difficile, Capitano. Nella sua mantella abbiamo trovato una bellissima bussola. I marinai non possono possederne una. O se così fosse sarebbe molto strano. Molto strano, si. >>

Dicendo questo l'uomo si allontanò d'improvviso dal letto, come se qualcosa gli fosse giunto alla mente.

<< Eccola qui, Capitano, la sua bussola. E c'era anche questa, la sua pipa. >>

L'uomo sembrava calcare ogni volta l'attenzione sul termine "capitano", con quella che poteva sembrare grande dedizione oppure una sottile vena di ironia. Olaus fu molto felice di rivedere quei due semplici oggetti che per lui significavano molto. Non era mai stato una persona materialista o dipendente dal denaro, ma provava una certa fedeltà quasi spirituale nei confronti di alcuni suoi beni. Soppesò i due oggetti con entrambe le mani, stringendo la bussola di ottone col marchio inciso di rosso del primo mercantile di cui fu capitano, il Mary Rose, nella sinistra e impugnando la sinuosa pipa in radica con la destra. In quel momento sembrò riprendere le energie, o meglio gli parve di dimenticarsi, seppur per pochi secondi, della tragedia appena superata.

<< Smettete di chiamarmi capitano. Non sono più capitano. Non ho più una nave, non ho più un

equipaggio. Non sono più capitano, smettete di chiamarmi in questo modo. >>
L'uomo fu sorpreso dalla durezza con cui queste parole erano state pronunciate. Sembrò anche deluso di non aver ricevuto nemmeno una parola di ringraziamento per avergli consegnato i suoi oggetti perduti e lo lasciò trapelare dall'espressione del suo volto.
<< In ogni caso vi sono debitore, mi avete salvato e mi avete ospitato per tutto questo tempo. >>
<< Non dovete sentirvi in debito Signore >> intervenne la donna << qui a Thule siamo abituati a questo modo, accogliamo sempre i forestieri. E anche se può sembrare strano, ne arrivano molti. >>
Kirkegaard rispose solamente con un sorriso a metà tra sfinimento, timidezza e gratitudine.
Dopo qualche minuto di silenzio il capitano tornò a sentire il rumore del mare che fino a quel momento aveva totalmente ignorato e sembrò ritornare alla realtà. Si guardò intorno per studiare l'ambiente che lo circondava ricordandogli molto la sua vecchia casa. Era uno spazio di poco più di due metri e mezzo di altezza. Il pavimento di assi di legno chiaro si srotolava per tutto il campo visivo del capitano, fermandosi ad una porta senza battente dall'interno della quale si scorgeva, nonostante l'oscurità, un pavimento in pietra, rivelatosi poi quello della dispensa. Alla sua destra un tavolo, anch'esso di legno, era apparecchiato per tre persone. Vedendo

la tavola tornò a fare caso al profumo che aleggiava nella casa e inspirò profondamente con il naso. La donna se ne accorse e invitò Kirkegaard a sedersi a tavola.
<< Sarete affamato. In questi giorni non avete mangiato nulla. >>
Il capitano accettò di buon grado, ma nel tentativo di alzarsi dal materasso su cui era rimasto privo di sensi per tre giorni, vi si ribaltò rovinosamente atterrando sui cuscini e provocando un sorriso sul volto dell'uomo.
<< State attento, Capitano. Siete privo di forze, lasciate che vi aiuti. >>
Il marinaio inizialmente infastidito dall'essere chiamato ancora a quel modo, comprese poi la reverenza che il suo ospite gli mostrava in quella maniera.
<< Il mio nome è Rorik >> disse l'uomo sporgendo il suo braccio coperto da una fitta peluria rossastra verso Kirkegaard.
<< Se vi deciderete a chiamarmi con il mio nome, già lo conoscete >> rispose il capitano stringendo la mano dell'uomo.
I tre si sedetterò a tavola e la donna, di nome Astrid, che significa bellezza divina – mai nome fu più azzeccato di quello, e il marinaio se ne accorse solo quando furono seduti alla mensa – servì il pranzo che donò colore al volto del capitano il quale sembrò recuperare piuttosto rapidamente le sue forze.

L'isola di Thule

Dopo aver debitamente recuperato le forze Kirkegaard sentì il bisogno di uscire a scoprire il mondo dove era naufragato, la misteriosa isola di Thule. Ricordava quel nome da antichi racconti che si tramandavano nel suo paese. Racconti di un'isola leggendaria all'estremo nord del mondo, così tanto a nord da allontanarsi anche dalle gelide latitudini polari. Un'isola abitata da un popolo, gli iperborei, "coloro che vengono da oltre Borea", personificazione dei venti del nord, che si dice essere capostipite dell'intera stirpe umana. Gli iperborei, si diceva, erano stati il primo popolo ad abitare la terra, ancor prima che un cambiamento dell'inclinazione dell'asse terreste rendesse quasi completamente inospitali le regioni polari. Per far fronte a questo cambio climatico, gli iperborei più deboli, avevano migrato verso le regioni temperate di Asia ed Europa dando origine alle razze asiatiche ed europee.

<< Venga con me, Capitano. Facciamo un giro. >>

Rorik sembrava aver intuito il desiderio di Kirkegaard senza che egli dicesse una sola parola. Ma il suo sguardo, intensamente protratto verso l'esterno, attratto dalla luce intensa che filtrava dalle bianche tende, era molto più eloquente di qualsiasi parola.

Rosso - questo è il significato di Rorik - si avvicinò alla porta e con un gesto invitò il capitano a fare altrettanto. Quando furono entrambi pronti aprì la porta, facendosi investire da un'aria fresca e secca. Davanti alla casa stava un piccolo giardino che la separava da una strada di ciottoli, al di là della quale una leggera discesa sassosa degradava verso il mare. Abituato che fu alla intensa luce del sole Kirkegaard mosse qualche passo incerto verso la strada. Ogni movimento che faceva gli costava inizialmente fatica, ma dopo pochi passi raggiunse una certa sicurezza nel muoversi. Quando fu sulla strada si girò verso la casa. Era bianca, con un ripido tetto a spiovente di pietra su cui si aprivano due abbaini posti simmetricamente rispetto alla porta centrale. Sulla sinistra del tetto si innestava un camino da cui saliva una sottile riga di fumo parallela ai fumi delle altre case schierate come quella di Rorik che andavano a delineare un fronte netto del villaggio sul mare. Attraversarono la strada e si trovarono a camminare in una fitta ghiaia che vibrava sotto i passi dei due uomini che si dirigevano verso l'acqua, lucida sotto i raggi del sole, piana come une foglio metallico illuminato dai bagliori solari, le cui calme onde giungevano alla spiaggia smuovendo i sassi e facendoli risuonare di melodie sconosciute. Percorsero un centinaio di passi lungo la spiaggia e seguendone la forma svoltarono verso sinistra, dove si stendeva il vero centro del villaggio. Il villaggio si trovava al centro di una profonda baia, inizialmente molto larga e poi via via sempre più stretta verso la costa, dove veniva separata in due parti dal molo del porto: la parte ovest perfettamente concava, mentre la parte est si piegava verso sud ovest, creando un angolo di quasi novanta gradi. Il villaggio si chiamava Birgin-norr che significa "che vive sul versante nord". Questo, infatti, era l'unico insediamento sul versante settentrionale dell'isola e quindi anche il più a nord. Era inoltre quello con il clima migliore in tutta l'isola: a oriente era protetto da un promontorio di media altitudine, su cui il faro illuminava a tratti anche le notti più buie, a nord ovest invece le fredde correnti venivano respinte dal monte Aaren, una montagna altissima le cui vette erano spesso nascoste alla vista da una coltre di nubi.

Una volta giunti al porto Kirkegaard aprì bocca per la prima volta dopo aver ascoltato con attenzione tutte le informazioni geografiche che Rorik gli aveva fornito fino a quel momento. << Barche. L'uomo cerca sempre di allontanarsi dalla terra. Cerca continuamente di scoprire nuovi mondi dall'altra parte di questo dannato mare. Ma perché? Cos'ha questa terra che non va? Qui il clima mi sembra buono, non potreste vivere di agricoltura? Perché andare per mare, allora? >>

Rorik sorrise, quasi si aspettasse questa frase.

<< L'uomo cerca sempre di raggiungere l'infinito. Ma raggiungerlo, lo sappiamo bene, non possiamo. Allora ci si accontenta di toccarlo, di sfiorarlo, di navigarci in mezzo. Lei lo sa bene, Capitano. Quando si naviga, le onde che scivolano intorno allo scafo

della nave sembrano lavarci dalle preoccupazioni della terra ferma. Non è così, Capitano? Non si sentiva forse anche Lei un semidio quando sul cassero della sua nave, Mary Rose dice la bussola se non mi sbaglio, con la pipa serrata tra i denti scrutava l'orizzonte e non vedeva nulla? Solo il mare. Come un tappetto luccicante sotto e intorno a lei. Non era emozionante, Capitano? >>
<< Si. Era proprio così. L'infinito. È questo che noi cerchiamo. L'infinito. >>
Queste parole sembrarono costare molta fatica al capitano che le pronunciò abbassando lo sguardo verso uno dei pescherecci vicino a loro.
<< Ma per quel che mi riguarda, e credo di parlare anche a nome di tutti noi di Birgin-norr, andiamo in mare solamente, o quasi, per pescare. È molto pescoso il nostro mare. >>
Dal punto più lontano dalla riva del molo Kirkegaard si girò nuovamente, come aveva fatto uscendo da casa, per osservare il villaggio.
L'immagine complessiva che ne risultava era di estrema calma. La linea di costa generava, al di là della stessa strada che passava davanti alla casa di Rorik e Astrid, un fronte molto ordinato di edifici quasi tutti identici tra loro che si differenziavano solamente, e in alcuni casi, per il colore delle imposte o per la presenza di un'insegna in legno che indicasse la presenza di una locanda, dell'ufficio postale o di altri edifici per così dire "speciali".

Erano le prime ore del pomeriggio, ed il sole iniziava a scendere verso ovest. Il porto era tranquillo, poche erano le barche attraccate, quelle dei pescatori che per una ragione o per l'altra quel giorno avevo deciso di non uscire a pesca; quella di Rorik era tra queste. Dopo aver trascorso qualche minuto ad analizzare il villaggio, il capitano si girò nuovamente verso l'infinito del mare. Era la prima volta che si sentiva così. Provava dei sentimenti contrastanti, ma quello che prevaleva era la paura, la repulsione che la grande distesa scura suscitava in lui. Gli tornarono in mente le immagini del naufragio, gli occhi terrorizzati ma saldi di Ern, le grida disperate dei marinai, il fragore delle onde che straziavano il legno dello scafo, gli alberi che si spezzavano come virgulti schiacciando i marinai, forse più fortunati di quelli che andavano incontro alla morte per annegamento, sui ponti. Ed ebbe paura. Il dolore pervase il suo corpo e la sua anima distorcendo la sua espressione che ora pareva quella di una bestia braccata dal feroce predatore. Quando iniziò a tremare il rosso, senza dire nulla, lo afferrò per un braccio e si diressero verso il villaggio. Proprio davanti al molo su una delle bianche case con le imposte di legno scuro vi era agganciata ad un argano di ferro battuto un'insegna di legno con inciso il nome della locanda che l'edificio ospitava: La cabina del Capitano. I due uomini aprirono la porta di legno e vetro e si sedettero su un tavolino nelle immediate vicinanze. Rorik ordinò due birre

e sorrise al capitano. Il locale era grande e poco illuminato. Oltre alla luce che filtrava dalle finestre che davano sul porto, il piano terra era illuminato da un solo lampadario centrale che irradiava luce calda una piccola area nelle sue vicinanze; eccezion fatta per uno spazio riservato accanto al bancone dotato di un grande candelabro che con la sua luce tremula aumentava la sensazione di calma di cui la locanda era pervasa. A quell'ora i tavoli occupati erano pochi e la cameriera, una donna florida dai capelli rosso fuoco, impiegò poco tempo per portare i due grandi boccali schiumanti ai due uomini. Il capitano ne bevve una lunga sorsata e dopo qualche istante cominciò a raccontare.
<< La conosce la storia di Uria e Betsabea? I fatti che sto per raccontarle, quelli che mi hanno portato fin qui, iniziano allo stesso modo. Uria era un soldato al servizio di Davide, e Betsabea era sua moglie. Vedendola bagnarsi al lago Davide se ne invaghì, la invitò al palazzo e giacque con lei. Si rese conto però che Betsabea era legata da vincoli insolubili a Uria e iniziò dunque a escogitare un piano per poterla allontanare dal marito legittimo. Decise allora di far schierare Uria in prima fila nella battaglia che di lì a poco avrebbe infuriato. Uria perì e Betsabea fu costretta a unirsi a Davide.
<< Anch'io come Uria ero fidanzato con una donna che era molto innamorata di me. Ma suo padre, un ricco armatore, aveva già deciso un futuro differente per la

primogenita che avrebbe dovuto sposare il capitano della sua nave più prestigiosa, sir Barthee. Con una cospicua somma di denaro comprarono il capitano della nave su cui ero imbarcato e si assicurarono che questa rimanesse in mare per almeno quattro anni. Così fu, e quando ritornai scoprii che Barthee aveva sposato la mia fidanzata.

<< In un primo momento pensai di volermi vendicare, avevo intenzione di rovinare la vita di quell'uomo meschino che con il suo potere aveva rovinato la vita di un uomo, ma poi decisi che non ne sarebbe valsa la pena. Non avrei riconquistato la mia donna e le cose non sarebbero cambiate. Decisi allora che la mia vendetta sarebbe stata quella di divenire a mia volta capitano di una nave, e di acquistare anch'io quel potere che mi avrebbe permesso di comprare i sentimenti di qualsiasi donna. Mi immersi con tutte le mie forze nel lavoro di marinaio, non toccai terra per lunghissimi periodi deciso ad ottenere il titolo di capitano. Così fu, ottenni quel titolo. Ma ben presto mi resi conto che non mi avrebbe cambiato la vita. E anzi, io avrei potuto cambiare la vita di altri poveri uomini, avrei potuto rovinargliela, distruggerla e addirittura fargliela perdere in mare. Non fui in grado di vendere la mia coscienza e lavorai ogni giorno con grande rispetto per tutti i miei sottoposti.

<< Fu così per un numero di anni sufficiente a farmi pentire di aver preso la via del mare, e fu così fino al giorno in cui la mia nave si spezzò sotto i colpi di una

tempesta. >>
Rorik, che aveva ascoltato attentamente il racconto del capitano attese qualche istante prima di rispondere.
<< Se non ricordo male il figlio che Davide concepì con Betsabea morì sette giorni dopo che una grave malattia fu fatta scendere su di lui, nonostante il digiuno e le preghiere del re d'Israele. Il suo cuore si pentì sinceramente dell'ingiustizia che aveva compiuto.
<< Lei, Capitano, ha fatto la cosa più corretta non vendicando il sopruso subito. Si è comportato da gentiluomo, ha avuto compassione per il suo avversario, e ha lasciato che gli eventi seguissero il proprio corso. Lei è dalla parte della ragione, Capitano. >>
<< La ragione non darà indietro la vita agli uomini che sono morti sotto il mio comando sulla mia nave. >>
<< Non è stata colpa sua, e lei lo sa bene. Deve solo rendersene conto e perdonare sé stesso. Avrà bisogno di tempo. >>
Kirkegaard finì la birra rimasta nel boccale con un solo lungo sorso e ringraziò Rorik.
Trascorsero qualche minuto in silenzio, lo sguardo basso del capitano era fisso sulle venature del legno del tavolo, sui suoi difetti – che poi sono quelli che rendono il legno magnifico – sui segni lasciati dai numerosi boccali che vi erano stati appoggiati con

forza, sui graffi provocati dalle posate di metallo che gli avventori utilizzavano che erano mal celati, e forse addirittura amplificati da uno strato di cera lucida.
Con lo sguardo ancora inchiodato al legno il capitano tornò a parlare.

<< Non ho di dove andare, e non ho denaro con me. >>

<< Capitano, la nostra isola si trova nel mezzo di numerose rotte commerciali, e sappiamo bene che le acque al largo di Thule sanno essere molto crudeli. Più e più volte abbiamo visto giungere sulle nostre spiagge oppure avvistato al largo corpi di superstiti e relitti di navi, come è successo con lei. Siamo un popolo ospitale e abbiamo il dovere, prima di tutto morale, di dare aiuto a chiunque sia in difficoltà e senza altra speranza di salvezza. Alcuni di quelli che sono disgraziatamente giunti sulle nostre coste hanno voluto ripartire e tornare alle loro terre, così li abbiamo accompagnati con le nostre barche. Altri hanno deciso di stabilirsi a Thule, magari nei villaggi dell'entroterra o quelli di montagna, e così facendo sono diventati nostri fratelli. >>

<< Io non ho di dove tornare. Nessuno mi aspetta nella mia terra, la Scozia. E altrettanto non ho intenzione di riprendere il largo con una nave. L'infinito dell'oceano mi ha offerto molte ore di meditazione, ho speso giorni interi a pensare e a riflettere cullato dalle onde che mi spruzzavano il viso di spuma sul cassero. Queste riflessioni mi hanno portato a comprendere

che avevo scelto di proseguire la vita in mare solo per vendicare la perdita della mia fidanzata. Una volta sfumato il sentimento di vendetta, e una volta riaffiorata in me la consapevolezza della profonda malvagità che aveva pervaso il mio cuore quando avevo deciso di voler acquisire potere per avere la possibilità di "acquistare" i sentimenti di una donna, compresi di avere necessità di stabilirmi in un luogo. La scozia, casa mia, è lontana e io non voglio più navigare. Avrò sempre timore del mare, lo rispetterò, ma non lo solcherò più con la mia chiglia. >>
Rorik rimase in rispettoso silenzio, assicurandosi che il capitano avesse finito di parlare. Trascorso qualche istante di attesa il rosso allungò la mano verso Kirkegaard sorridendo.
<< In questo caso, benvenuto a Thule. >>

La Biblioteca

<< Il vecchio bibliotecario, un uomo molto saggio, ha deciso di abbandonare il villaggio e la sua mansione per seguire il sentiero che porta sulla vetta del monte Aaren. Lì, disse prima di partire, era sicuro che avrebbe trovato tutto quello che cercava, o tutto ciò che c'era da trovare. Ora la biblioteca è rimasta senza un custode, senza nessuno che si prenda cura della piccola casa retrostante, e senza nessuno che accolga i lettori e i desiderosi di conoscenza. Potrebbe prendere il suo posto. Dovrebbe solo chiedere l'incarico al sindaco del villaggio, ma si tratta di una pura chiacchierata informale, non avrà sicuramente nulla in contrario. >>

Così dicendo i due si alzarono, Rorik lasciò due monete sul tavolo e si diressero all'uscita.

Le strade a Birgin-Norr erano molto regolari e tracciavano una maglia geometrica quasi perfetta. Cinque erano le strade principali tra loro parallele che seguivano la forma della costa e quattro i viali trasversali, di cui uno era la prosecuzione della strada lungo il mare. In questo modo il villaggio era costituito da undici isolati di dimensioni simili.

La casa e l'ufficio del sindaco si trovavano nell'isolato centrale e i due uomini impiegarono pochi minuti per raggiungerla camminando ad un'andatura lenta. L'edificio era bianco come tutti gli edifici circostanti

e non presentava grandi differenze dagli altri, se non una grande asse di legno di abete su cui era inciso a grandi lettere il nome del villaggio.
Il colloquio fu piuttosto breve – e come aveva previsto Rorik molto informale – e Kirkegaard venne nominato nuovo bibliotecario di Birgin-Norr.
Uscirono dal municipio che il sole stava per scomparire dietro al monte Aaren e l'aria si era fatta più fresca.
<< Venga Capitano, torniamo a casa ora. Domani la accompagnerò a vedere la biblioteca, la sua nuova casa. >>
Kirkegaard non disse nulla, ma sorrise come non aveva ancora fatto fino a quel momento. Il suo sorriso era sincero e completo e sprigionava immensa gratitudine verso Rorik.
Il mattino dopo il capitano si risvegliò sullo stesso letto su cui si era risvegliato dopo il naufragio. Questa volta le sue narici furono toccate da un denso profumo di uovo e fagioli. Astrid aveva preparato la colazione. Il tempo sembrava aver preso a scorrere in modo diverso. Fino a una settimana prima era capitano di una importante nave, ed ora si trovava ad essere bibliotecario di un villaggio di un'isola che credeva esistesse solamente nelle leggende nordiche. Non poté abbandonarsi molto alle sue riflessioni che vide Rorik camminare verso di lui premurandosi che avesse trascorso una piacevole notte ristoratrice.
<< Sono ansioso di vedere la mia nuova dimora.

Quando potremo andarci? >>

<< Anche subito, Capitano. Ma forse prima preferisce mangiare qualcosa. Le servirà per completare il suo recupero. Si ricordi che non ha mangiato per tre giorni interi. >>

<< Non mangiavo così bene da moltissimo tempo. Tua moglie è veramente un'ottima cuoca. >>

<< Lo so, sono un uomo fortunato. >> rispose Rorik accennando una risata.

Dopo aver mangiato i due uomini abbandonarono la casa, come avevano fatto il giorno precedente e si diressero verso la biblioteca.

L'aria era fresca e pungente com'è tipico durante le terse giornate nordiche e gli unici suoni che si udivano erano il fluire delle onde sulla spiaggia e i suoni provocati dai passi degli uomini sulla distesa di sassolini e conchiglie, monete del mare selvaggio.

La biblioteca si trovava nell'ultimo isolato occidentale affacciato sul mare. Godeva di una vista meravigliosa sull'insenatura e sul monte Aaren la cui base strapiombava meravigliosamente nel mare blu intenso, come un'immensa torre di guardia sull'isola e sul mondo intero. L'edificio era diverso dagli altri che aveva finora visto, non era intonacato di bianco e le facciate erano di blocchi di pietra a vista. Era più alto della media delle case, e svettava sopra il livello degli altri tetti con una piccola torretta da cui si staccava un minuto volume contenente un grande orologio che segnava il tempo in tutto il paese. Al piano terra v'era un'insegna, singolarmente in ferro battuto e non in legno come negli altri edifici, recante la scritta "La storia delle persone".

<< Per molti abitanti di Birgin-Norr la biblioteca è importante quasi quanto un tempio. Contiene la storia di tutti noi, la storia degli uomini. Ne contiene il futuro, e anche i pensieri più intimi. >>

<< Sarò degno di un ruolo così importante allora? Io sono un forestiero, non conosco gli abitanti dell'isola e loro non conoscono me. Come sapranno fidarsi di me? >>

<< Lo faranno, vedrà, Capitano. >>

Kirkegaard si insediò nella biblioteca e il tempo sembrò tornare ad una parvenza di normalità. In pochi giorni era riuscito a ripristinare l'ordine nella piccola casa a lui affidata e in poco più di una settimana aveva imparato la collocazione di quasi ciascun volume contenuto nella biblioteca. Era profondamente affascinato da quella realtà e più volte gli parve di vivere un sogno, abituato com'era alla vita di mare, decisamente meno confortevole di quella che ora stava conducendo. Le giornate trascorrevano piacevolmente lente, i minuti e le ore venivano scandite dal rumore delle pagine girate una dopo l'altra, dal delicato e vibrante suono dei fogli di carta ruvida che sembrano accarezzarsi a vicenda e dalle boccate di fumo celeste della pipa. Il capitano usava sedersi su una grande sedia di legno nella veranda della biblioteca che affacciava sull'insenatura e sul

monte Aaren leggendo un libro con la compagnia della sua pipa che assaporava di tanto in tanto, con regolarità e, se non si fosse trattato solo di un oggetto si potrebbe dire, amore.
Un pomeriggio, quando il sole cominciava il suo percorso discendente e i raggi giungevano quasi paralleli al globo, Kirkegaard era impegnato nella lettura di un libro che trattava del monte Aaren mentre teneva in mano la sua preziosa pipa, soppesandola tra le dita della mano destra. Fu in quel momento che si rese conto di quanto l'ultimo periodo trascorso e più in generale tutta la sua vita, sembrassero avere in quel momento la durata di una fumata di pipa. Una pipa fumata lentamente, talvolta invece con foga e ardore. Una fumata che poteva dare molta, poca o persino nessuna soddisfazione, a seconda che il tabacco inserito fosse di buona qualità o meno. Una fumata che talora risultava incontrollabile e troppo rapida a causa del forte vento che bruciava rapidamente il tabacco nel fornelletto mentre in altri momenti, il tabacco, non voleva saperne di restare acceso per la troppa umidità. Facendo questi pensieri si trovò a fissare il monte, ora illuminato dai raggi trasversalmente, avvolto in un alone quasi mistico. Fu in quel momento che, improvvisamente, il capitano sentì la necessità di salire su quella vetta per poter guardare l'isola dall'alto. Aveva bisogno di conoscere. Una conoscenza ancora superiore di quella che stava costruendosi all'interno della biblioteca, una

conoscenza radicata nei propri sensi, una conoscenza diretta dell'isola su cui si era ritrovato da un giorno all'altro con una nuova vita. In quel momento pensò anche a Ern. Si chiese che fine avesse fatto, se fosse mai stato salvato dal naufragio o se fosse annegato nell'immenso mare che inghiottì anche il resto dei suoi marinai. Decise che l'indomani avrebbe chiesto a Rorik di mostrargli la via per ascendere al monte e così fece. La mattina dopo si recò precipitosamente a casa del rosso per chiedergli consiglio.

<< Buongiorno Capitano! E così anche lei è rimasto incantato dal monte Aaren. Non stento a crederlo. Ci sono alcune ore del giorno in cui si circonda di un'atmosfera davvero magica. Se vuole, se non le creerebbe fastidio, sarei lieto di accompagnarla. È ormai da lungo tempo che non raggiungo la cima. Ultimamente mi sono sempre fermato un po' sotto di essa: c'è una cengia a strapiombo sul mare che offre un ottimo e comodo luogo di riposo. Solitamente vado li quando ho bisogno di pensare o di rimanere solo. >>

<< La sua presenza non mi creerebbe alcun fastidio. Mi farebbe anzi molto piacere. >>

Il Monte Aaren

I due uomini, che mentre parlavano dell'ascensione avevano deciso di camminare un po' sulla spiaggia, si ritrovarono entrambi a guardare sereni il monte Aaren. Erano entrambi felici della decisione appena presa, ed entrambi erano desiderosi di partire al più presto. Il capitano per il suo desiderio di conoscenza di quel mondo a lui ignoto e Rorik per la voglia di tornare ancora una volta al suo rifugio d'altura e magari raggiungere un'altra volta, dopo molto tempo, la vetta. Insieme si diressero alla biblioteca che aspettava di essere aperta e si diedero a consultare i libri che avevano il monte come protagonista. Il Rosso li conosceva già tutti, ma l'entusiasmo di Olaus lo aveva talmente trascinato che era come se vedesse quelle illustrazioni e leggesse quelle notizie per la prima volta. Kirkegaard si stupì del fatto che tra tutti i libri presenti sul tema, nessuno parlava di vere e proprie esperienze dirette sul monte, si trattava per lo più di racconti leggendari, manuali geografici con allegate numerose carte molto dettagliate e raccolte di illustrazioni più o meno celebri.

<< Mi chiedo come mai nessuno abbia mai scritto della propria impresa sul monte. Non riesco a credere che un luogo così magnifico non abbia mai ispirato nessuna cronaca di viaggio. >>

<< Vedrà Capitano, quando saremo sul monte capirà

perché nessuno ha mai raccontato la sua esperienza. La parola non può raggiungere la profondità della bellezza a cui si assiste da lassù. Lo sconvolgimento interiore che si prova è tale da impedirne la comunicabilità. Ne resterà più che colpito. >>

Kirkegaard rimase stupito da quella risposta che prese per vera, ma con una lieve dose di scetticismo. Dopo aver riposto i volumi sugli scaffali si sedettero nella veranda a fumare la pipa guardando sognanti la meta del loro viaggio, il sancta sanctorum che più di ogni altra cosa desideravano raggiungere. Non si dissero nulla. Entrambi stavano già effettuando l'ascesa nella loro immaginazione. Il ritmo delle boccate di fumo scandiva i loro pensieri. Erano talmente immersi nel flusso del loro viaggio mentale che si sentirono quasi affaticati, come se effettivamente stessero camminando in pendenza.

Arrivò il giorno fissato per la partenza. Fino ad allora sia il capitano che Rorik avevano intrapreso un programma di allenamento muscolare che permetteva all'organismo una ripresa più rapida dalla fatica grazie ad una migliore circolazione sanguigna, fatto che avrebbe sicuramente giovato al corpo non più giovane del Capitano Kirkegaard. Era una giornata limpida, l'aria fresca del mattino si cristallizzava in sbuffi di vapore davanti alle bocche dei due uomini. Il disco solare non era ancora visibile ma le sue lunghe braccia già si stendevano sottili sul mondo. Il mare, colore del piombo, vibrava come argento fuso solcato in alcuni punti dai pescherecci di ritorno dalla pesca notturna. Queste piccole barche di uomini solitari e dediti al lavoro facevano ritorno al villaggio di Birgin-Norr dove sarebbero state a riposare fino alla sera successiva. La vita si snodava semplice sull'isola, composta giorno dopo giorno dai medesimi gesti, dalle medesime azioni. Come una giostra dagli ingranaggi ben oliati che non muta mai il suo movimento, così le vite dei pescatori e degli abitati di Thule si apprestavano ad affrontare una nuova giornata di sole. In questa atmosfera Olaus Kirkeegard capì che la sua vita sarebbe cambiata da lì a poco, una volta raggiunta la vetta dell'alto monte. Affrontarono l'inizio del sentiero al limitare del villaggio salutati da un pescatore che tornava a casa. Il capitano si sentì parte di un tutto, parte di un immenso organismo pulsante che muoveva le sue appendici indipendentemente, ma sempre appartenendo al medesimo corpus. Capì che la sua vita era legata a quelle degli altri con nodi invisibili ma indissolubili, così come le vite di tutte erano saldamente vincolate a quella della terra: la casa di tutti, la madre di tutti. Camminavano in silenzio. Olaus non controllava le sue gambe, era come se si muovessero da sole nel lento e armonico movimento di spostare un piede davanti all'altro, sbilanciando il peso da una gamba all'altra. Il fruscio delle foglie degli alberi e dei cespugli attorno al sentiero si univa alla risacca delle onde che andava allontanandosi man

mano che i due salivano fino ad arrivare a sostituirlo completamente. Alcuni uccelli spiccavano il volo spaventati dai due uomini aggiungendo ulteriori strumenti alla grande e magnifica orchestra che è la natura. Il sole era ormai visibile e faceva risplendere le gocce di rugiada che imperlavano le foglie. Il sottile soffio di vento faceva da pedale a quella babele di suoni rinfrescando ulteriormente l'aria.
In quello che fu un tempo indefinito arrivarono a metà percorso, dove una cengia rocciosa era naturalmente scolpita a guisa di panchina circondata da arbusti saldamente attaccati alla montagna in quello che pareva un abbraccio salvifico. Rorik propose di accomodarvisi per rifocillarsi mangiando un po' del pane e formaggio che avevano preparato a casa. Così fecero, recuperando velocemente le energie. La vista era incredibile: la sporgenza era a strapiombo sul mare e sedendovisi in un certo modo si potevano lasciare le gambe a penzolare libere nell'aria. Si poteva vedere tutta la baia del villaggio e Birgin-Norr nella sua interezza. Il villaggio ormai era completamente sveglio e gli abitanti vi si muovevano intenti nelle loro occupazioni, non più grandi di piccole formiche che a gruppi si muovono per recuperare frammenti di cibo da condividere con la propria colonia. Il porto era stato riempito dai pescherecci che erano già tutti ritornati dalla pesca, anche se vi si poteva ancora scorgere qualche spazio probabilmente lasciato libero da qualcuno che

aveva deciso di uscire in mare per godere di un po' di tranquillità. Kirkegaard era ammutolito e Rorik, come se conoscesse il flusso dei pensieri del capitano, lo guardava sorridendo, rispettoso del suo silenzio e di quel suo stato di trance. Dopo qualche tempo, il Rosso si alzò, seguito da Olaus ed entrambi ripresero il sentiero, gli occhi ancora colmi di quell'immagine di immensità e di libertà. Olaus Kirkegaard si sentiva sempre più libero, sempre più svincolato da qualsiasi legame materiale e sempre più immerso in un immenso fluido in movimento. Si sentiva, in una parola, felice. Camminarono ancora a lungo, senza sentire fatica. Le gambe ormai non appartenevano più al vecchio capitano Kirkegaard, erano piuttosto parte dell'enorme organismo che tutto controlla e di cui tutto è parte costituente. La sua mente era aperta, come se fosse in grado di vedere tutto il mondo anche se non nitidamente. Guardava il sentiero davanti a sé, la schiena del compagno che lo precedeva, eppure vedeva anche la cima del monte Aaren, il villaggio di Birgi-Norr che lo aveva adottato e l'insenatura che lo proteggeva. I suoni della natura riempivano la sua mente. Incomprensibilmente, data l'altitudine, riusciva a udire il lieve suono delle conchiglie che rotolano sui sassolini mossi dalle onde. Riconosceva i battiti d'ali degli uccelli, distingueva il suono di ciascuna piuma investita dall'aria. Udiva la voce dei pescatori che vendevano il pesce pescato al porto del villaggio e distingueva il suono delle foglie mosse

dagli insetti. Alzò lo sguardo e vide la schiena del suo compagno, della sua guida, dell'uomo che lo aveva salvato mesi prima dalle fredde acque del nord. Tornò a guardarsi i piedi che avanzavano senza fatica lungo il sentiero. La vetta era vicina.
<< Sembra che non siamo gli unici ad aver affrontato il monte, oggi. Quel ragazzo deve essere salito dall'altro versante. >>
Il capitano trasalì a quelle parole, come risvegliato da un sogno. Non si erano più parlati dalla pausa sulla cengia. Quanto tempo era passato? Sembravano trascorsi giorni interi. Ripresosi, alzò lo sguardo in direzione del viaggiatore che li aveva preceduti. Gli sembrò di riconoscere quella figura, quel portamento delicato e innocente, ma al contempo sicuro di sè.
<< Salve! >> Esclamò Rorik in direzione del giovane. La figura si voltò mostrando il volto al Rosso e a Olaus, che rimase senza fiato. Era Ern. Il suo giovane marinaio, l'unico marinaio del Gràdh Saorsa ad avere avuto una vita onesta, non un criminale o un ladro come gli altri. L'unico di cui avesse sentito la mancanza dopo il naufragio. Il vecchio capitano affrontò i pochi metri che li separavano con un balzo fulmineo che poco si addiceva al suo portamento lento e mansueto. Una volta vicini Olaus rimase a fissarlo per qualche momento, senza dire nulla, incredulo di quello che stava vedendo. Si voltò verso il mare, un'immensa distesa blu che sembrava riflettersi negli occhi del capitano. Si concentrò su un punto in

particolare che non sembrava avere differenze rispetto agli altri. Eppure lui ora lo sapeva, quello era il punto in cui la sua nave aveva fatto naufragio: lì erano annegati i suoi immeritevoli compagni. Spostando lo sguardo in direzione dell'isola individuò un altro punto per gli altri identico al precedente. Lì, invece, era stato salvato da Rorik: in quel punto era iniziata la sua nuova vita.

Ora Kirkegaard riusciva a vedere tutto con estrema chiarezza. Vedeva il mondo intero, la vita degli uomini, il fluire lento dei giorni, il fumo di centinaia di pipe che saliva azzurro unendosi in un unicum. Sentiva il respiro della terra, il suo battito lento e regolare. Vedeva i pescatori che vendevano la loro merce, sentiva il profumo del pesce cucinato nelle case di chi era già stato al mercato per scegliere i pesci migliori. Sentiva il suono dei baci degli amanti e le loro carezze. Udiva perfettamente ogni suono intorno a lui, come un direttore d'orchestra che riesce a distinguere ogni nota eseguita da ciascuno strumento in maniera chiara e definita senza perdere però il senso di unità e di bellezza. Udì il battito d'ali di due farfalle che si avvicinavano senza però riuscire a vederle.

<< Capitano Kirkegaard, ora possiamo tornare a casa! >> disse Ern, sorridendo.

<< Siamo già a casa, Ern. >> rispose Olaus Kirkeegard, felice.

Una grande farfalla spiccò in quel momento il volo, subito seguita dalla compagna più piccola.

www.ingramcontent.com/pod-product-compliance
Ingram Content Group UK Ltd.
Pitfield, Milton Keynes, MK11 3LW, UK
UKHW020218250726
13967UKWH00001B/67

9 780244 734831